Demain, je meurs

Du même auteur

Sotto voce

Poème primé par les éditions Rêve d'Enfant en février 2015, à l'occasion de la 4ème édition du concours « Lettres d'Amours », parmi les six textes ayant obtenu l'unanimité des votes du jury.

Les gens ordinaires

Nouvelle publiée au sein du recueil *48 Heures pour écrire*, 2ème édition sur le thème du Courage, éditions Édilivre, mai 2015, ISBN 978-2-332-93350-8 (pages 84-88), 21ème place sur 2101 à l'issue du concours.

ORIANNE PAPIN

Demain, je meurs

ISBN-10 : 1517524520
ISBN-13 : 978-1517524524

Le cynisme n'est que le revers d'un idéalisme blessé.

Avec la grâce d'un zèbre hémiplégique, Pascal Mignard descendait le boulevard des Invalides sur son Vélib'. Il était bientôt vingt et une heures, le ciel crachait toute sa nostalgie des beaux jours. Trop tard pour acheter une baguette. De toute façon, il n'en voulait pas spécialement : la porte de la boulangerie ne tintait pour lui que par la seule force de l'habitude. Sa veste gris foncé, mal boutonnée, laissait par moments apparaître une chemise à carreaux désuète. De ses aisselles émanaient clandestinement les effluves de la routine. Pascal ne dépassait pas les douze kilomètres à l'heure, mais personne ne l'attendait. Ses pensées étaient tournées vers le linge moisissant patiemment dans la machine à laver et le contenu hypothétique de son congélateur. Et encore : il y pensait sans conviction.

Comme tous les soirs, Pascal Mignard arriva à la station Vélib' numéro 14035, 90 avenue du Maine. Vélos disponibles : 13. Points d'attache disponibles : 35. L'expression « point d'attache » lui arracha un rictus assez laid. Il tira sa sacoche râpée hors du panier et poussa le vélo vers l'une des bornettes vacantes. Il amorça ensuite d'un pas las les 450 mètres qui le séparaient de son domicile, rue

Deparcieux. Comme souvent, il ne prit pas la peine d'ouvrir sa boîte aux lettres. Le néant de sa correspondance personnelle contrastait sensiblement avec les enveloppes qui s'amoncelaient sur son bureau, 14 avenue Duquesne. Même marche de l'escalier, même grincement du chêne. Même rotation de clef, même claquement sourd de pêne. Mignard lâcha son sac dans un coin de l'entrée et se traîna péniblement jusqu'à la salle de bains. Il se passa de l'eau froide sur le visage et se regarda brièvement, sans intérêt marqué. Il pressa ses poings contre ses joues et soupira, d'une expiration prolongée, nasale : celle du bœuf de labour. Il se pencha en se tenant le bas du dos, tordu par des années de négligence et d'usure, attrapa sous le lavabo un pack déjà ouvert de recharges pour rasoir Gillette Fusion Power.

Combien de temps fallait-il pour que les lames percent cette peau pourtant si transparente ? Sa main droite frottait son poignet gauche dans sa largeur, de manière aussi méticuleuse qu'inefficace. Il ressemblait à un enfant qui essaie de couper sa viande tout seul pour la première fois. Combien de temps resterait-il conscient ? Combien de temps pour répandre ses six litres de sang ? Fallait-il mieux s'asseoir contre le mur, s'allonger au sol, aller s'étendre dignement sur son lit ? Dans la baignoire, ce serait plus hygiénique. Mais qui le trouverait ? Il esquissa un sourire, anticipant le ridicule de la scène. Ce sourire obscène, signe décourageant de vie, lui donna aussitôt envie de vomir de rage. La peau, tailladée d'une dizaine de fines coupures, laissait à peine entrevoir quelques fils carmin.

Pascal plaqua sa serviette de toilette contre son poignet, jeta négligemment les lames dans le lavabo et se dirigea vers la cuisine. Dans le congélateur, il trouva une barquette de lasagne aux asperges vertes Picard. Le temps de la cuisson, il alluma son MacBook Pro 13 pouces en quête du tout récent rapport de la DREES (Direction de la Recherche des Études de l'Évaluation et des Statistiques), « Suicides et Tentatives de Suicide en France ». « Le mode de suicide le plus fréquent est la pendaison (45 % des suicides en 2002), suivi par l'utilisation d'une arme à feu (16 %) puis l'intoxication (15 %) ». Mignard poursuivit consciencieusement sa lecture tout en avalant morceau par morceau sa lasagne. Il racla chacune des lamelles accrochées aux parois de la barquette, avec une précision et un détachement robotiques, tout en continuant l'examen du rapport, sourcils froncés et bouche légèrement entrouverte, symptômes chez Pascal Mignard d'une activité cérébrale intense. Le lendemain, il fallait impérativement qu'il réponde à l'organisatrice du séminaire « Offre de soins en psychiatrie et santé mentale ». L'invitation lui semblait tout à fait pertinente : il pourrait apporter un éclairage complémentaire à l'allocution de son collègue de la Stratégie Nationale. Très bonne idée, vraiment. Il ingéra ses comprimés antihypertenseurs et alla se brosser les dents. En réglant son réveil, il se félicita d'avoir encore près de sept heures de sommeil devant lui. Une bonne hygiène de vie est essentielle. Il repensa brièvement à l'épisode des lames, envahi par un sentiment d'échec douloureux comme un reflux gastrique. Il se rattraperait. Après cinquante-quatre ans de vie, il n'y avait plus véritablement urgence.

« Un smoothie laxatif remboursé par la Sécu ? Vous vous foutez de moi ? Moi vivant, jamais ! » Au cabinet du Ministère des Affaires sociales et de la Santé, 14 avenue Duquesne, la journée du Conseiller en charge des produits de santé commença à huit heures trente par une vidéo-conférence avec le directeur délégué à l'Évaluation Médicale, Économique et de Santé Publique de la HAS (Haute Autorité de Santé). Une fois par mois, le Service Évaluation des médicaments faisait remonter son rapport sur l'utilité des produits pharmaceutiques disponibles sur le marché, recommandant au Ministère, en la personne de Pascal Mignard, d'accorder ou de retirer le remboursement. Le taux de prise en charge par la Sécurité Sociale devait alors être réévalué et, depuis quelques années, ceci se faisait le plus souvent à la baisse. Les rapports entre la HAS et le Ministère étaient devenus de plus en plus conflictuels car, comme tout un chacun le sait, le déficit de la Sécurité Sociale nécessitait des coupes sévères. Les consignes données à Mignard étaient claires : limiter la prise en charge aux médicaments les plus populaires, c'est-à-dire directement liés aux maux affectant une part massive de la population et apportant une sensation significative de mieux-être sur les court et moyen termes. Ce vingt octobre au matin, la concertation dura, listing des médicaments annoté à l'appui, quatre heures et quarante-sept minutes. Pascal avala sur le créneau susnommé trois cafés, un demi-comprimé de Lexomil (remboursé à 65 %) et douze Euphytose (non remboursés).

« Je descends à la boulangerie, je vous prends quelque chose, Monsieur Mignard ?
– Oui, s'il vous plaît Véronique, je n'aurai pas le temps de prendre une pause : un sandwich rosette copieusement beurré, un coca zéro et une religieuse au café. » Le Conseiller en charge des produits de santé entama la consultation de ses mails tout en rappelant le Conseiller en charge de la presse et de la communication. La campagne de vaccination contre la grippe saisonnière venait de débuter et mettait cette année tout particulièrement l'accent sur les femmes enceintes et les personnes souffrant d'obésité, sujettes à des risques accrus de complications pulmonaires et cardiaques. Le Ministère était cependant confronté à une opinion publique qui semblait de plus en plus hostile au procédé de vaccination dans son ensemble. « Il ne faut pas

lésiner sur les moyens de prévention, je suis bien d'accord avec vous », assura Mignard tout en tâtonnant dans son tiroir gauche à la recherche de son tube d'Euphytose. Ils planifièrent ensuite huit rendez-vous dans la quinzaine à venir, liés à la relance de la pilule contraceptive dont la réputation avait été fortement mise à mal ces derniers mois ainsi qu'au renouvellement de la campagne « Les antibiotiques, c'est pas automatique ». Le slogan rabâché depuis plusieurs années semblait avoir davantage marqué les esprits que les comportements, et le rapport de l'ANSM (Agence nationale de sécurité du médicament et des produits de santé) qui venait d'arriver sur le bureau du Conseiller était tout bonnement alarmant. Tout en croquant à pleines dents sa baguette rosette, il commença la lecture du rapport et prit quelques notes préparatoires pour le communiqué qui devait être mis en ligne le mardi suivant.

En milieu d'après-midi, Pascal Mignard se rendit aux toilettes. Dans les toilettes fermées : il détestait les urinoirs. Son jet bifurquait à gauche, comme souvent, et arrosa légèrement le mur carrelé d'un jaune déjà pisseux. Sans lien de cause à effet manifeste, ce fut à ce moment-là que la lassitude qui rongeait Pascal depuis plusieurs mois, peut-être plusieurs années, atteignit son paroxysme journalier. Il s'appuya contre le mur, pantalon encore déboutonné, front contre la faïence jaunâtre. Certes, il en avait gravi des échelons durant ces deux dernières décennies, il occupait désormais un poste ministériel, profitant d'un statut socio-professionnel théoriquement enviable, mais à quoi sa vie se résumait-elle ? Des tâches administratives à n'en plus finir, des mails, des appels, des listes, des communiqués, des réunions, le sentiment de n'être qu'un infime écrou dans une machine terriblement bien huilée, qui n'avait de toute évidence pas besoin de lui pour continuer de fonctionner. Au sortir de l'ENSP (École Nationale de la Santé Publique) et jusqu'à ses trente-cinq ans, il avait eu le sentiment que le monde lui appartenait. Il avait collectionné les réussites et s'était imperceptiblement abîmé dans le succès, année après année, rêvant de donner un sens toujours plus grand à son existence. Une vie pleine et épanouie ne lui aurait jamais suffi : il voulait laisser de son œuvre terrestre une empreinte inaltérable. Il avait connu plusieurs femmes, avait même vécu quelque temps avec deux d'entre elles. Il les avait quittées, systématiquement déçu qu'elles s'éloignent ou l'éloignent de ses idéaux ;

elles l'avaient quitté, perdant espoir d'être un jour véritablement aimées par cet homme d'abord si exigeant, puis tout à fait désillusionné. L'orage de la chasse d'eau des toilettes voisines rappela à Mignard qu'il se trouvait au Ministère. Il renoua sa ceinture en soupirant. Il fallait continuer encore un peu. Au moins jusqu'à ce soir.

Pascal Mignard poursuivit sa journée avec l'une des missions les plus délicates de son poste, de même que la plus chronophage ces derniers mois : la concertation avec l'ANSM sur les produits pharmaceutiques qui devaient être retirés de la vente pour risques avérés sur la sécurité sanitaire ou par principe de précaution. Les usagers pouvaient désormais déclarer un effet secondaire directement en ligne : l'ANSM traitait ces signalements et dressait trimestriellement un bulletin des vigilances, sorte d'état des lieux des chantiers en cours. Si une quantité significative de signalements était relevée sur un médicament, le rapport bénéfice-risque pouvait être réévalué ; les indications thérapeutiques, les contre-indications, la posologie ou la liste des effets indésirables étaient alors susceptibles d'être modifiées. En cas de risques trop élevés, le médicament perdait son AMM (Autorisation de Mise sur le Marché).

La population occidentale avait obtenu ces dernières années un important droit de regard, d'opinion et de revendication sur toutes les spécialités : celle de la santé n'avait pas été épargnée. Chacun pouvait désormais évaluer son médecin sur des sites Internet, donner son avis sur les produits via les forums, témoigner des bienfaits d'un médicament ou au contraire exiger son retrait dans les émissions de débat public. Parallèlement à ce nouveau visage donné à la liberté d'expression, le culte de la perfection avait rendu suspecte la perfectibilité inhérente aux recherches scientifiques et à l'ingénierie pharmaceutique. Chaque défaillance était dénoncée avec d'autant plus de virulence que la Justice avait dû suivre le mouvement, acceptant de traiter en affaires pénales les plaintes déposées à l'encontre des laboratoires ainsi que du Directeur Général de l'ANSM. La liberté d'expression avait trouvé son prolongement dans la liberté de dénonciation : il était désormais légitime de porter plainte contre son boulanger pour abus de confiance, contre ses parents pour préjudice moral suite à une fessée, contre son médecin pour erreur de diagnostic.

Depuis les scandales médicaux du Médiator, des prothèses PIP ainsi que des pilules de troisième et quatrième générations, les affaires s'étaient succédé, les plaintes à l'encontre de l'ANSM n'avaient cessé de s'amonceler, à tel point que le gouvernement avait décidé de s'associer plus intimement au processus d'autorisation de mise sur le marché. Le rapport bénéfice-risque était le seul compromis réaliste : l'opinion publique réclamait le risque zéro.

Il fallait donc généraliser le principe de précaution et simultanément maintenir la sécurité sanitaire, menacée par la tendance de la population à se détourner des progrès médicaux du XXe siècle. Rougeole, tuberculose, coqueluche : les vaccins délaissés témoignaient de cette défiance mortifère. À l'impossible nul n'est tenu : Mignard avala un demi-Lexomil.

Le boulevard du Montparnasse était d'une tristesse neurasthénique. Le Conseiller en charge des produits de santé oscillait sur son Vélib' telle une quille gentiment percutée. Ses pensées valsaient un peu niaisement. Comment en était-il arrivé là ? Il avait tellement cru en la vie, il ne s'était pas attendu à ça. À ce jour encore, aussi désabusé était-il devenu, il ne pouvait croire qu'il avait fait fausse route, que sa solitude avait été depuis toujours prévisible voire inévitable. Chacune de ses relations, amoureuses comme amicales, s'étaient terminées au nom des causes les plus nobles : il ne pouvait pas accepter de laisser s'installer dans sa vie la mesquinerie, la duplicité, la fadeur. Il ne devait pas faire preuve de faiblesse ni de compromission. Chacune des personnes rencontrées lui avait d'abord plu, il avait accepté de la recevoir avec toute la force que contient l'espoir vierge de toute déception. Et puis un jour, très vite, une petite scène ordinaire brisait l'image qu'il avait conçue d'elle. Un sourire conciliant face à un propos raciste. Une bruyante diarrhée nocturne. Un mensonge yeux dans les yeux. Une hésitation à aider un parent. Un engouement pour un chanteur médiocre. Un choix de carrière par défaut. Une inflexion ridicule dans la voix. C'était toute la possibilité de construire un lien durable qui s'effondrait irrémédiablement. Impossible de continuer ensuite. Pascal avait pourtant essayé de relativiser, de donner suite à cette histoire, souvent par ailleurs agréable : impossible. Si, intellectuellement, il était capable d'appréhender l'imperfection inhérente à l'être humain, en son for intérieur, elle le révulsait. Tout en lui le sommait de poursuivre sa route, en quête d'autre chose. Cette autre chose, il ne l'avait jamais trouvée.

Alors le vingt-cinq septembre dernier, jour de ses cinquante-quatre ans, Pascal Mignard avait décidé qu'il devait cesser de vivre. Non comme une urgence de l'instant, irrationnelle et douloureuse, mais comme une évidence qui s'imposait à lui avec sérénité. Il avait voulu faire de sa vie un festival d'accomplissement et de grandeur : il avait échoué. Il n'avait jamais perçu en l'autre un authentique écho à ses aspirations profondes, il n'avait pas trouvé le calice attendu sur les sommets professionnels. À ne pas avoir su l'éroder, les déceptions l'avaient brisé. Il n'avait pu plier, il n'avait pu limer ses rêves au contact de la réalité. Il n'avait pas été en mesure d'aimer. À vouloir vivre trop haut, il n'avait pas vécu cette vie. Pourtant, Pascal n'avait pas l'ombre d'un regret : il était persuadé qu'il était ainsi resté fidèle à lui-même, jusqu'au bout. Il était maintenant lucide : il n'obtiendrait jamais ce qu'il cherchait, le bonheur n'était pas à sa portée. Il était beaucoup trop bas pour lui et il n'avait plus l'âge de se pencher autant pour le saisir. Il n'en avait d'ailleurs pas la moindre capacité ni même l'envie. La seule chose à même de ne pas rendre sa quête totalement vaine était de prendre acte de la médiocrité de son existence et d'avoir le courage d'y mettre un terme. Il avait fait la chasse aux compromis toute sa vie : il devait maintenant accepter le fait que vivre dans ces conditions était le pire compromis qui soit. Un arrêt délibéré et irréversible de cette mascarade était la seule issue pour donner à jamais une cohérence impeccable à son plan de vie.

Le problème, lorsqu'on prend sereinement la décision que c'est le moment de mourir, est que le passage à l'acte s'avère nettement plus complexe que dans le cas statistiquement dominant de la nécessité d'en finir avec la vie, ici, maintenant, coûte que coûte. Le désavantage du choix par rapport au besoin est qu'il faut, grand minimum, définir le moment, le lieu et le mode. Ce qui peut, en soi, paraître quelque peu contre-nature. L'ego de Pascal, pour sa part, était resté totalement intact après toutes ces années de désillusion : il tenait donc à ce que son suicide se déroule dans les meilleures conditions possibles. C'était précisément pour cette raison qu'il s'était dit que différer l'acte de quelques années était complètement stupide : son corps commençait déjà à présenter de multiples signes de vieillissement, il ne connaissait que trop bien ce qui l'attendait durant les deux prochaines décennies qui lui restaient théoriquement à vivre. Le pourcentage de médiocrité ne cesserait désormais plus d'augmenter en flèche. Il avait consciencieusement réfléchi au rapport bénéfice-risque : sa vie l'ennuyait profondément, son état émotionnel dominant était la lassitude, il ressentait une douleur psychique d'intensité moyenne mais constante. Il n'arrivait à en calmer les symptômes que quelques minutes par jour, tel un enfant en crise qui s'arrête de pleurer un instant pour admirer un insecte qui passe. Ces miettes de sursis tombaient lorsqu'il s'adonnait aux deux seules activités aptes à le distraire : un dossier professionnel peu ordinaire et la nourriture, ordinaire ou pas. La situation était donc optimale, aucune perte : risque zéro.

Pascal Mignard était rentré chez lui depuis peu et arpentait son 80 mètres carrés à la recherche d'accessoires pour se pendre. Mode de suicide dans près d'un cas sur deux : ce ne devait donc pas être bien difficile à mettre sur pied. En outre, le chercheur David Gunnell avait estimé le taux de réussite à au moins 70 % (*International Journal of Epidemiology*, 2004). Pascal testa manuellement la solidité des suspensions luminaires de chacune des pièces : peu satisfaisante. Les tringles à rideaux ne lui inspiraient guère confiance. Son regard se porta alors sur la barre de traction qu'il avait installée quelques mois après son emménagement, en haut de la porte menant de l'entrée au salon. Il ne se souvenait même plus de cet objet ni de ce qui avait bien pu le pousser à l'installer. Lubie d'adolescent attardé. Il était décidément temps qu'il mette un terme à toutes ces inepties. Cette pensée lui donna plus encore de cœur à l'ouvrage. Il devait maintenant trouver une ceinture, une corde, un câble ou tout autre objet adapté. Il opta pour la rallonge qui reliait sa machine à laver à l'une des trop peu nombreuses prises de son logement ancien. Tout était parfait. Il fallait également prévoir une chaise d'où sauter : la hauteur était l'un des trois paramètres déterminants.

Pascal commença par enrouler le câble autour de son large cou : il eut des difficultés à faire un nœud, le matériau ne s'y prêtait pas du tout. Il s'y reprit à plusieurs fois, superposant quatre puis cinq nœuds avant que l'ensemble témoigne d'une certaine résistance. Il ne s'y connaissait pas du tout en nœuds mais réfréna son habitude d'aller solliciter des renseignements auprès de Google. Mignard alla ensuite chercher une chaise dans la cuisine, handicapé par une traîne burlesque de quelque cinq mètres de rallonge. Il emporta son plongeoir de fortune, tout en tentant de la main gauche d'apaiser la gêne qu'il ressentait au niveau de la nuque. Le frottement du câble était très désagréable. En prenant conscience de son geste, un sourire gêné lui plissa le visage : l'Homme était vraiment une drôle de machine.

Décider de mourir et continuer de veiller à son bien-être physique…

Du haut de sa chaise, Pascal noua la rallonge à la barre avec encore plus de difficulté que lors de l'étape du cou. Bon. Bonne chose de faite. Tout était au point. Aurait-il dû écrire un petit mot pour expliquer son geste ? Il avait bien un frère cadet… Son entourage affectif se limitait à peu près là. Mais ils avaient été beaucoup moins proches ces dernières années. Il avait une famille, lui, et semblait satisfait de la tournure, pourtant médiocre, qu'avait pris sa vie. Mignard eut soudain un pincement stomacal à l'idée qu'on puisse considérer son geste comme un banal suicide, un acte inconsidéré plutôt qu'une initiative mûrement réfléchie et pleine de bon sens. Et merde. Il avait eu assez de mal à faire ses nœuds, il n'allait pas se lancer dans de la prose argumentative maintenant. À quoi bon ? La postérité saurait accorder à son geste toute la cohérence et l'intégrité qu'il contenait, ou alors, l'humain était tellement borné que des explications écrites ne changeraient rien. Bien. C'était le moment. À quoi fallait-il penser à l'instant ultime ? Il essaya d'abord de se remémorer quelques scènes de son enfance. Les larmes montèrent. Mauvais choix. Il fallait s'éloigner au plus vite de cette période factice, promesse d'un monde qui n'avait existé que dans ses fantasmes infantiles. Pascal préféra s'imaginer tel un guerrier de jadis, alors que l'honneur de mourir pour les siens avait encore un sens profond. Il mourait pour une cause. La plus noble qui soit. Être fidèle à soi-même, refuser l'inacceptable. Il mourait pour recouvrer sa dignité. Un acte militant en quelque sorte. Militant à l'échelle strictement individuelle, certes. Mais engagé tout de même. Un engagement envers soi-même, l'audace d'aller au bout de ses projets, dussent-ils mener à la mort.

La chaise fut expulsée d'un glissement latéral du pied avec légère torsion de l'articulation talo-crurale droite. Un corps massif, usé, pendit quelques secondes au bout d'une rallonge électrique Castorama. La peau rougit, les veines gonflèrent, l'ensemble se débattit de manière saccadée et inesthétique. Le corps vint enfin s'écraser lourdement sur le parquet. La forme désarticulée fit d'abord penser à un tracé au sol de la police scientifique, ou à une esquisse de Keith Haring. Puis le corps se recroquevilla soudainement en position fœtale et se mit à sangloter bruyamment. Le mur n'avait pas résisté au poids. La barre de traction avait emporté avec elle vis et chevilles en plastique. Le tout gisait au sol, parmi de petits éclats de bois et de plâtre. Un travail d'amateur. Sa vie entière, plan de sortie inclus, n'avait été qu'une vaste fumisterie.

Pascal avait passé une nuit de barbe à papa périmée, enfoncé dans une triple dose de somnifères. Il prit un café en s'interdisant de penser à l'échec de la veille ; la honte que lui inspirait sa médiocrité dépassait les limites de ce que son cerveau en déclin pouvait appréhender. Il descendit l'escalier de son immeuble d'un pas funèbre, chevaucha un Vélib' avenue du Maine et amorça son sempiternel trajet en direction du Ministère. Son corps était désormais vide de toutes humeurs malignes comme bénignes : peut-être allait-il finir par partir sous peu de mort naturelle.

Une réunion avec le directeur général de l'ANSM inaugura la journée de travail *décès raté + 1* du Conseiller en charge des produits de santé. À l'ordre du jour : l'actualisation du répertoire des médicaments génériques. Au cours des quinze dernières années, la promotion de ces produits à moindre coût avait été l'un des principaux chantiers de ses prédécesseurs. L'Ordre national des pharmaciens et les syndicats s'étaient joints à la cause sans grande difficulté : la perspective d'une marge bénéficiaire accrue, à laquelle s'ajoutèrent ensuite quelques primes non négligeables, était un argument de taille. Néanmoins, la revalorisation, en

2002, des consultations médicales en contrepartie de l'engagement à rédiger 25% des ordonnances en médicaments génériques n'avait pas suffisamment porté ses fruits.

Le Gemme, « Générique Même Médicament », association des professionnels du médicament générique, était alors entré dans la bataille avec une persévérance exemplaire afin de briser l'image négative que leurs produits avaient auprès des généralistes et surtout de leurs patients. Aussi entêtée la masse hydresque de l'opinion publique fut-elle, le Gemme avait presque réussi son pari improbable : les médecins avaient en grande partie renoncé à tracer du « Non-Substituable » sur leurs ordonnances. Les patients, vaincus à l'usure, avaient fini par avaler la pilule, acceptant peu à peu les garanties d'efficacité et de fiabilité de ces médicaments aux boîtes insipides et aux noms chimiques. Leur répertoire n'avait alors cessé de gagner en volume, sous le contrôle minutieux de l'ANSM qui transmettait bi-trimestriellement ses rapports à Mignard.

Il faut dire que la CNAMTS (Caisse Nationale de l'Assurance Maladie des Travailleurs Salariés), à l'initiative de cette spectaculaire promotion du générique, avait ajouté la menace à l'argumentaire efficacité-sûreté déployé par le Gemme : les patients réticents avaient été contraints d'avancer les frais de leurs médicaments en cas de refus d'un générique. Une fois l'accès aux soins pour tous considéré comme un objectif atteint, la grande priorité de la CNAMTS avait été de maîtriser ces dépenses de santé fraîchement démocratisées. Ici encore, tout était question de rapport bénéfice-risque : si d'importantes économies pouvaient être réalisées à l'échelle nationale puis européenne tandis que les effets indésirables engendrés par les excipients ne touchaient qu'une partie très minoritaire des usagers, le jeu en valait la chandelle. Le progrès ne pouvait s'accomplir sans quelques sacrifices. Pris de maux de tête, Mignard goba un Advil (l'Ibuprofène, son générique, lui paraissait avoir une bien moindre vitesse de libération de la substance active).

La réunion achevée, Pascal envisagea de s'atteler à l'immense tâche qui consistait à consulter, classer et dans une moindre mesure répondre au courrier qui menaçait chaque jour un peu plus l'enviable superficie de son plan de travail en wengé massif. Les documents importants n'arrivaient désormais quasiment plus que sur sa boîte mail, mais la paperasse qui envahissait son bureau ne décroissait pas pour autant. Invitation aux Salons de la Santé et de l'Autonomie, pourquoi pas : c'était dans un an et demi, il prenait peu de risque en s'engageant... Ceci dit, pourquoi prendre la peine d'y répondre ? Deuxième option validée. Bac à recyclage. Courriers à teneur publicitaire en provenance d'entreprises pharmaceutiques. Recyclage. Ébauche de programme pour le séminaire « Offre de soins en psychiatrie et santé mentale ». Ça oui, il avait dit qu'il était partant. Bac numéro 3. Rapport de la DREES sur « La santé des élèves de CM2 en 2007-2008 ». Sans intérêt majeur. Recyclage. Pascal se trouva ensuite avec une enveloppe noire, carrée, de taille moyenne, entre les mains. Étrange format. Couleur pour le moins non conventionnelle. Écriture manuscrite. Pas d'expéditeur au verso.

Il fixa longuement l'enveloppe tout en la faisant glisser entre ses phalangettes carrées dans le sens inverse des aiguilles d'une montre, au rythme d'une scutigère qui éprouve sa dextérité. Il poursuivit son activité d'un air hagard, sur 180 degrés, puis fit virevolter l'enveloppe avec une précipitation inattendue et la plaqua sur son plan de travail comme pour l'immobiliser. Il arracha le rabat et tira un petit carré noir d'une texture similaire à celle de son contenant. Une invitation personnalisée ?

Pascal Mignard,

Voici sept mois que ma sœur s'est suicidée suite à la prise du médicament Xélytose, commercialisé par le laboratoire Fixat.

Inutile de parler de ma douleur. Inutile de dire que je ne laisserai pas cette tragédie sans suite. Un dossier a été ouvert auprès de l'Agence de Sécurité du Médicament. Aucune réponse véritable n'a pour l'instant été apportée. Rien ne pourra me détourner de la certitude que le Xélytose est la cause directe de sa mort. J'ai de nombreuses preuves. Ma sœur n'avait aucun antécédent suicidaire, elle était la joie incarnée. Je refuse de dépenser mon énergie à me battre des années contre toutes ces autorités colossales et intouchables. Derrière chaque décision, incompétence ou faute, il y a un

visage humain : ici, le vôtre. Vous ne ressentez sûrement aucune culpabilité, du haut de votre moelleux fauteuil, à tuer des gens pour faire entrer de l'argent dans les caisses de l'État, puis à le fêter à flots de champagne.
Je sais où vous vivez, je connais vos habitudes. Avez-vous déjà pensé à votre mort, Pascal Mignard ?

Durant les deux premières minutes qui suivirent la lecture, Pascal se sentit atrocement honteux. Non en raison de ces accusations, auxquelles il ne prêta strictement aucune attention, mais à cause de la manière dont la dernière phrase résonnait narcissiquement en lui : l'auteur de cette lettre savait qu'il souhaitait mourir et qu'il avait piteusement échoué. Il avait dû en effet beaucoup l'observer pour connaître le plan échafaudé un mois auparavant ainsi que ses multiples et pitoyables mises en œuvre. Quelqu'un savait tout et voulait le faire souffrir en déchaînant plus violemment encore les chiens enragés qui se disputaient son estomac. Il desserra sa cravate, ses poumons n'existaient plus, son corps lui semblait glisser en lambeaux, de larges gouttes dégoulinaient de la frontière capillaire vers son visage blafard et distendu, dans lequel ses doigts semblaient vouloir s'enfoncer d'impuissance.

Ce ne fut que face au miroir, dans les toilettes où il était allé laver à grande eau ses sueurs froides, que Mignard prit conscience de l'objet de la lettre. Cette personne ne savait rien ! Ce n'était qu'une menace de mort ! Elle le tenait simplement pour responsable du décès de sa sœur et voulait le lui faire payer. Pascal respirait mieux, le soulagement redonna libre cours à son flux sanguin. Il regagna son bureau d'un pas serein, presque enjoué. Il s'installa dans son fauteuil, oscillant de la fesse gauche à la fesse droite comme pour s'y creuser une meilleure place, inspira et expira profondément puis regarda le bac à recyclage avec tendresse. Les collègues du Ministère de l'Écologie avaient quand même fait du bon boulot. Quoi de mieux, pour prouver leur engagement personnel, que de remplacer l'intégralité des poubelles du gouvernement par ces réceptacles pro-environnement ? Toutes les entreprises privées devraient avoir obligation de s'en équiper avant la fin du quinquennat.

Mignard relut calmement la missive irrévérencieuse. Pas de signature. Il ne savait rien de l'identité de l'émetteur, pas même son sexe. Aucune revendication. Pas d'exigence de dédommagement financier, même si cette personne semblait l'imaginer se vautrant dans un luxe indécent. C'était bien la première fois qu'un patient victime des effets indésirables d'un médicament, ou l'un de ses proches, s'en prenait directement à lui. Les affaires de cet ordre ne manquaient pas, mais personne ne l'en avait jamais tenu pour responsable, nominativement. L'industrie pharmaceutique était régulièrement mise en cause. Mais lui… On connaissait son nom. On prétendait savoir l'adresse de son domicile. Ses habitudes. Quelles habitudes ? Cette personne lui attribuait une vie : une vie précieuse, même.

Pascal tenta de contacter son interlocutrice privilégiée de l'ANSM. Trop tard, elle avait quitté le bureau. Il en profita pour rentrer lui-même plus tôt que de coutume.

Le soleil qui coulait dans l'avenue de Breteuil offrait à ce mois d'octobre agonisant une rémission improbable. Les platanes accueillaient avec compassion les femmes à chien. Les bassins épiaient les confidences des amis ou amants échoués sur leurs rebords faussement hospitaliers. Quelques touristes exprimaient leur contentement à coups de clichés intempestifs. Mignard avançait d'un pas nonchalant, enveloppant au creux de ses viscères usagés son tout poupon secret : sa vie était menacée par un tiers. Il en ressentait une excitation presque délicieuse. Ce pouvait être n'importe qui. L'assassin en puissance pouvait se trouver derrière chaque arbre, à chaque coin de rue, devant chaque passage piéton. Serait-ce cet homme froissé et grisonnant, qui lisait *L'Express* sur le banc, jambes croisées mais virilement, ourlet marron tiré sur la cheville gauche, dévoilant chaussette et pilosité noires ? Cette joggeuse trentenaire, pantalon moulant fuchsia et queue de cheval brimbalante, branchée à son IPod comme à un cordon ombilical ? Un peu trop investie dans son activité pour avoir l'air crédible. Pour la première fois depuis des années, Pascal observait ses congénères.

Il arriva à la station Vélib' numéro 7014, 35 boulevard des Invalides. Vélos disponibles : 29. Points d'attache disponibles : 13. L'expression « point d'attache » lui imprima un sourire narquois. Non, pas maintenant. Il avait envie de flâner. Envie. Il remonta le boulevard des Invalides et bifurqua sur la rue de Varenne. De quand sa dernière visite datait-elle ? Un peu plus d'un an, semblait-il. Durant les quelques minutes d'attente devant le guichet, il posa quelques événements-balises, y superposa de savants calculs, mélange de vécu et de comptabilité. Un an après le décès de sa mère. Trois ans avant son emménagement rue Deparcieux. Huit ans. Huit ans qu'il n'avait pas foulé le parterre du musée Rodin. Son entrée nocturne pliée dans la paume droite, il arpenta sans ordre les allées du jardin. Il crut reconnaître une femme qu'il avait croisée à la sortie du Ministère. Peut-être était-ce elle. Tout en pressant frénétiquement son ticket d'entrée comme pour mimer la grenouille qui coasse, Pascal se retrouva nez à nez avec les statues de marbre parquées derrière les baies vitrées de la galerie.

Ces simulacres d'humains ne lui inspirèrent pas la moindre sympathie. Leur disposition était vraiment effrayante. Il pensa aux moulages de victimes exposés à Pompéi. Eux disaient la vie. Une image en creux de tout ce qui est détruit d'avance. La trace irrévocable de la grande escroquerie existentielle. Dans la vitre, le reflet de la femme se superposa au marbre d'un pâle barbu.

Mignard quitta un instant la salle de réunion pour aller se chercher un troisième café. Il avait très peu dormi. Il était finalement rentré chez lui à pied, pour conserver une vigilance maximale et se livrer à son aise à l'observation maniaque de toute personne évoluant dans son périmètre vital. Pour s'offrir davantage de possibilités de coincer son agresseur, il avait même poussé le vice jusqu'à aller s'acheter quelques sushis à emporter, rue de la Gaîté. Malheureusement, il ne disposait que de très peu d'indices sur l'identité de l'auteur de la carte noire, et les gens à allure ou comportement suspects ne manquaient pas.

La réunion « réhabilitation du pacte de confiance entre la population et le protocole de vaccination » s'éternisait. Le Conseiller en charge des produits de santé écoutait d'une oreille distraite la proposition de l'un de ses collègues de lancer une campagne à base de spots télévisés mettant en scène les vaccins sous forme de petites créatures au visage coloré et affable. Sous ses pochettes cornées aux couleurs inassorties, sous ses documents A4 étalés dans un désordre symptomatique du piétinement de la discussion, Mignard cachait la lettre noire. Il la regardait par moments, au moyen d'un glissement aussi habile que furtif de la paperasse, comme pour s'assurer de la réalité de son existence. Il aurait pu passer pour un amoureux transi qui se délecte de l'observation clandestine d'une inespérée réponse, promesse d'une félicité mille fois rêvée. Pourquoi avait-il été choisi, lui ? Cette histoire était folle, tout bonnement folle, se disait-il avec une pointe de fierté. Il réaffirma cependant sa conviction qu'il fallait réconcilier au plus vite les Français avec les vaccins, tout en avalant une gorgée d'un café déjà presque froid. Le gobelet en plastique, fermement reposé en gage de détermination, ne produisit pas le bruit espéré. La réunion déboucha finalement sur la planification d'une nouvelle série de rencontres échelonnée sur les deux mois à venir. Chacun rangea méticuleusement ses modestes affaires avec l'air de contentement que confère l'illusion du devoir accompli.

Mignard se hâta de rejoindre son bureau afin de contacter l'ANSM. Madame Kerrien décrocha à la huitième sonnerie. Elle le pria avec une gaieté non dissimulée d'attendre quelques minutes, le temps de parcourir ses innombrables fichiers. Il n'était pas sans savoir que les formulaires de plainte arrivaient par centaines depuis plusieurs mois. Voilà. Rien de sérieux concernant les remontées sur le Xélytose, annonça-t-elle d'un ton jovial. Aucune suite donnée à ces signalements. Elle semblait se réjouir de la promotion que lui assurait cette prolifération d'écrits contestataires, tout en ne manquant pas de soupirer pour permettre à son interlocuteur de se faire une idée du poids tant glorieux qu'harassant de ses tâches professionnelles. Tout ceci lui donna même l'audace de glisser un petit compliment à l'intention du Conseiller : les médicaments n'avaient jamais eu autant de succès qu'aujourd'hui, il devait être bien content. Après tout, si les gens se plaignaient plus, c'était bien qu'ils en avalaient plus, explicita-t-elle en plongeant allègrement dans la maladresse. Pour en revenir à leur dossier, si cela était d'une si haute importance pour le Ministère, elle pouvait lui fournir sous quarante-huit heures toutes les fiches et coordonnées des personnes qui avaient déclaré, durant les douze derniers mois, des effets indésirables potentiellement liés au Xélytose. Enfin, c'était bien parce que c'était lui, minauda-t-elle.

Mignard se demanda à quoi pouvait bien ressembler Madame Kerrien. Blonde, brune, grande, mariée ? Il l'imaginait un peu ronde, la petite quarantaine, cheveux noisette et yeux très pétillants. Peut-être divorcée. Non, séparée seulement. Deux enfants probablement. Des garçons turbulents. Elle devait être bretonne. Elle leur faisait des tartines au beurre et à la confiture de mûres et aimait marcher sur le sable mouillé. Tant d'années d'échanges téléphoniques sans pouvoir estampiller un visage derrière ces modulations de voix, ces choix lexicaux lourds de sens, ces tournures de phrases qui laissaient entrevoir quelques fragments du caractère. Un peu trop dévouée aux autres, espiègle malgré tout. Le Conseiller s'étonnait de n'avoir jamais pensé à Madame Kerrien autrement qu'en tant que signe dans l'immense équation que constituait son univers professionnel. À mille lieues d'avoir été un visage, elle n'avait même pas été une voix : seulement une série de sons plus ou moins utiles. C'était la première fois qu'il l'appréhendait comme un tout humain.

Était-il envisageable que l'auteur de la lettre anonyme fasse partie de sa sphère professionnelle ? Pourquoi pas. C'était même une piste plausible. Cette personne connaissait son nom et sa fonction, affirmait avoir des informations personnelles à son sujet. Aucun membre du personnel du Ministère ni de celui des organismes partenaires ne devait être exclu de la liste des suspects ou des complices. Car l'action pouvait bien être collective ou du moins assistée. La liste était illimitée. Même Madame Kerrien y figurait, d'ailleurs. Cette pensée laissa Mignard rêveur. Il conclut la conversation téléphonique en affirmant qu'il viendrait récupérer les documents en personne, dès qu'ils seraient prêts, par souci de confidentialité. Sa correspondante en gloussa d'aise, loua sa conscience professionnelle, puis raccrocha précipitamment, se souvenant qu'elle avait beaucoup de choses à faire. Cet échange avait mis le Conseiller dans un état étrange. Il se sentait presque bien. Surpris de cette sensation singulière, il fit coulisser fébrilement son tiroir gauche, en tira un tube de Lexomil, avant de le renvoyer brutalement à sa place. Non. Il se devait de garder une lucidité et une dextérité optimales. La situation était critique. Quelle arrogance tout de même, de penser disposer d'un droit de vie ou de mort sur sa personne ! Mignard s'enfonça dans son fauteuil et resta immobile quelques minutes, pour mieux se délecter de cette pensée jouissive.

Pascal Mignard abandonna son bureau à dix-huit heures trente-quatre. L'après-midi avait été chargé et il avait surtout une enquête sur le feu. De toute évidence, il s'agissait davantage d'une mission professionnelle que personnelle. Il emprunta son Vélib' à la station numéro 7014. Il ne vérifia pas le nombre de vélos ni celui des points d'attache disponibles. Sa sacoche tassée dans le panier, il se mit en route sans attendre, avec une détermination qu'aucun Vélib' parisien ne lui avait jusqu'alors connue. Il n'avait jamais été sportif dans l'âme. Les boulevards larges et hostiles qu'il devait emprunter, pauvre chair livrée en pâture aux multiples véhicules pressés, n'avaient rien pour l'encourager à l'être. Il préférait pourtant cette option à la perspective poisseuse du métro. Sans y prêter attention, Pascal augmenta sensiblement la cadence. La circulation était dense, il commença à contourner les voitures, tantôt par la gauche, tantôt par la droite, ce qui nécessitait d'accroître un peu plus encore la cadence de pédalage, pour ne pas se faire surprendre par les accélérations soudaines des véhicules motorisés. Son coup de pédale s'arrondissait, il sentait toutes les petites fibres musculaires de ses mollets se contracter les unes après les autres, telles de petites bulles électrisées qui éclataient dans une festivité anarchique. La perception de son corps devenait si prégnante qu'il avait la sensation que son cerveau s'était liquéfié et circulait désormais en toute liberté dans ses veines, au détour de ses articulations, dans le vif de ses masses graisseuses. Mignard, bien qu'il excusât le soir venu les faits au nom d'une production tout à fait exceptionnelle du cocktail endorphine, dopamine et adrénaline, perdit alors complètement la tête : il se mit à pédaler comme un dératé. Il ne sentait plus rien d'autre que la chaleur de ses muscles, le velouté de l'air dans ses cheveux clairsemés et contre son épiderme. Ses vêtements frissonnaient de plaisir, sa vue se troublait en un travelling périlleux. Les arbres étaient des giclures vertes, les feux des pointillés rouges qui apparaissaient trop peu de temps pour prendre un sens concret, des cris et des klaxons encourageaient régulièrement l'athlète hors d'haleine.

Il arriva à la station numéro 14035 en un peu moins de sept minutes. Il raccrocha son vélo à un point d'attache avec un authentique sourire aux lèvres. Les premières dizaines de mètres pied à terre furent hasardeuses : ses jambes tremblantes peinaient à soutenir ce corps qui avait été laissé bien longtemps hors service. Il se sentait fébrile mais serein, à la fois léger et un peu honteux, comme après l'une de ses premières expériences masturbatoires. Alors qu'il se concentrait sur la régulation de son rythme cardiaque, Mignard fut attiré par une vitrine de la rue Daguerre. Il y rencontra un homme grand, plus disgracieux que laid. Il était franchement mal habillé, avec sa chemise bleu ciel froissée, sa cravate océan fadasse et son pantalon crème remonté bien trop haut. S'il avait fallu choisir, il l'aurait plutôt dit creux qu'en surpoids, même si l'usure ordinaire, jointe à une hygiène de vie assurément douteuse, l'avaient lesté par endroits d'excroissances superflues. Le rendu d'ensemble était relativement atypique pour un homme, mais on sentait derrière les chairs défraîchies une carcasse solide, qui ne demandait qu'à exhiber ses coupes archaïques à chaque angle, une dominante osseuse qui devait être bien lourde à porter. Sa peau était très blanche, presque grise ; son visage insignifiant. Il transpirait comme un bœuf. C'est à ce moment précis que Pascal décida qu'il devait se donner une chance. Il quitta son reflet et poussa la porte de la boulangerie.

Mignard ne s'attendait pas à recevoir un accueil aussi chaleureux. La boulangère l'avait même salué par son nom, malgré des mois de désertion de ce haut lieu du ravitaillement d'appoint. Quatre personnes devant lui. Un adorable petit être blanc choisissait avec soin des pâtisseries pour ses petits-enfants. Elle ressemblait à un elfe millénaire : il était difficile de croire qu'elle avait un jour été femme, peut-être même une femme qui avait suscité des émois érotiques à n'en plus finir. De sa voix et de ses manières émanait une douceur irréelle. Pour chaque gâteau, elle rappelait à Marlène, la boulangère en qui elle semblait avoir une confiance absolue, le prénom et les goûts de chacun de ses descendants. Marlène pointait de ses doigts graciles chacun des prétendants colorés, avec une bienveillance et une patience remarquables. Autour de Pascal, tout était pastel, sucré, parfaitement ordonné, comme dans une maison de poupée qui aurait orné l'enfance de ses rêves. Un enchantement semblait protéger ce lieu atemporel de l'intrusion de la poussière et de la douleur. En observant les deux femmes, absorbées par leur mission comme si rien d'autre n'existait autour d'elles, on pouvait même douter qu'elles aient un jour eu connaissance du mal. Pourtant, l'homme qui se trouvait devant Mignard commençait à jurer dans sa barbe.

Marlène dressa la boîte cartonnée blanche et or de ses doigts de fée, avant d'y placer les pâtisseries en faisant preuve d'une incontestable habilité. Elle allait quérir chacune des élues dans la vitrine réfrigérée sans donner l'impression que ses membres inférieurs aient eu à fournir le moindre effort. À chacun de ces flottements, Mignard examinait avec attention les plis de sa robe blanche et le léger mouvement de ses longs cheveux noirs. Elle devait avoir une quarantaine d'années et Pascal se surprit à la trouver terriblement séduisante. L'espace d'un instant, il aurait voulu qu'elle saisisse sa maladresse avec autant de délicatesse et d'assurance que le Paris-Brest commandé par la deuxième cliente. Mignard employa le temps qui restait avant que ce soit son tour à sortir de cette mièvrerie qui lui ressemblait peu. Il ne devait pas oublier qu'une menace de mort planait au-dessus de sa tête. L'heure était grave. Le temps n'était pas aux rêvasseries. D'ailleurs, Marlène figurait elle aussi sur la liste des auteurs potentiels. Qui plus est, la proximité entre sa boutique et le domicile du Conseiller jouait en sa défaveur.

C'est ainsi qu'au moment d'être servi, Mignard, engaillardi par la facilité avec laquelle il avait vu la boulangère discuter de tout et de rien avec ses clients, eut l'audace non préméditée de lui demander comment se portait sa sœur. Tout en glissant vers la panière des baguettes Tradition, Marlène éclata d'un rire juvénile et lui répondit que ses deux frères allaient pour le mieux, mais qu'elle n'avait pas de sœur, à son grand regret. Elle ajouta, en adressant un clin d'œil aux autres clients, que s'il avait en tête de l'inviter à boire un verre, c'était une bien étrange manière d'amener le sujet. Avec ceci monsieur Mignard ? Pascal dissimula son ridicule en commandant une religieuse au café.

Le dîner du Conseiller en charge des produits de santé se résuma à une demi-baguette Tradition vierge suivie d'une religieuse au café. Il n'avait vraiment plus rien à manger chez lui et n'avait absolument pas eu l'idée d'y remédier. Tout en mâchouillant son pain à la table de sa cuisine, il se dit qu'il fallait qu'il enquête de manière bien plus rigoureuse. Sa tentative d'investigation auprès de la boulangère avait été un risible travail d'amateur. Impossible d'identifier l'auteur de la lettre noire avec de telles approximations. Les documents qu'il récupèrerait sous peu auprès de Madame Kerrien seraient le fondement de ses recherches ; il était inutile de se lancer dans de vaines spéculations d'ici là. Tout en aspirant le chou supérieur de sa religieuse, Pascal observa d'un œil réprobateur son appartement : il était vraiment dans un état déplorable. Il avait fait preuve de bonne volonté les premières semaines qui avaient suivi l'emménagement. Il avait acheté quelques meubles, arrangé les installations électriques ou sanitaires les plus précaires et avait même tenté de personnaliser les lieux, ainsi que le lui avait vivement recommandé une zélée employée de Conforama. Il était essentiel, pour s'approprier son nouveau territoire et avoir envie d'y recevoir ses proches de même que de nouvelles connaissances, qu'il crée un univers à la fois accueillant et en adéquation avec son caractère. Mignard avait alors investi dans des suspensions luminaires en bambou, un canapé d'angle convertible bicolore gris clair et gris foncé ainsi qu'un gaufrier rotatif. Il n'avait jamais utilisé ce dernier ; le canapé n'avait jamais été converti. En proie à une urgence soudaine, Pascal décida que le soir-même il délaisserait sa chambre afin d'étrenner la configuration lit de son canapé.

Alors qu'il achevait son festin par ses antihypertenseurs, il entendit frapper discrètement à la porte. Il se figea brusquement, chacun de ses membres s'immobilisa, seule l'eau contenue dans son verre tanguait malicieusement. Il attendit une poignée de secondes, retenant sa respiration, puis constata avec désarroi qu'on frappait à nouveau. Le code d'entrée de l'immeuble avait été changé deux mois auparavant, il était certain de ne l'avoir communiqué à personne. D'ailleurs, personne ne lui rendait jamais visite. Il devait se rendre à l'évidence : ce ne pouvait être que son assassin. Il ne s'était pas du tout préparé à une confrontation aussi soudaine, les événements s'étaient enchainés si rapidement : il n'était pas prêt, non, vraiment pas prêt. Il jeta un regard courroucé à son verre, focalisant toute son anxiété sur l'objet insolent, avant de devoir admettre que les mouvements n'étaient dus qu'aux couards tremblements de son propre bras. Il était au pied du mur. L'ignorer ne lui apporterait rien de bon, d'autant qu'il avait à cet instant précis une longueur d'avance sur son visiteur : il savait que c'était lui, tandis que l'autre s'attendait à le prendre par surprise. Une telle opportunité ne se reproduirait certainement pas. Différer revenait à laisser toute la latitude à son agresseur pour venir le cueillir n'importe quand, n'importe où, lorsqu'il s'y attendrait le moins. Bien décidé à saisir sa chance, Mignard se dirigea à pas de loup vers l'évier, y déposa son verre, ouvrit un tiroir et en sortit un épais couteau de cuisine encore affublé de son étiquette Ikea Gynnsam. Il avança vers la porte d'entrée en simulant une allure aussi assurée que désinvolte : on ne devait surtout pas sentir qu'il avait peur. Pour se donner davantage encore de contenance, il réajusta le col de sa chemise. Il glissa le couteau dans sa sacoche qui traînait par terre, la rapprochant autant que possible pour que l'arme soit, au besoin, très rapidement accessible. Il ignorait à qui il avait affaire, inutile d'instaurer d'emblée un climat hostile en ouvrant la porte couteau en main. La négociation verbale était peut-être encore possible.

Une petite tête blonde apparut dans l'embrasure. Mignard sourit : il avait depuis longtemps été persuadé que sa Perte viendrait se présenter sous les traits de l'innocence. Un grand classique. S'il l'avait croisée dans la rue, il aurait été tenté de la rayer d'office de la liste des suspects potentiels. La perfide pureté se présenta d'une voix fluette comme sa voisine du dessus. Elle entreprit de lui expliquer que son chat avait disparu et qu'elle était terriblement inquiète. Il était tout jeune, n'était jamais sorti de l'appartement, elle ne croyait pas possible qu'il se soit faufilé par la porte d'entrée : il avait donc dû s'échapper par le balcon, ce qui lui aurait ensuite permis de rejoindre ceux des autres appartements de l'immeuble. Pascal observa la jeune femme avec perplexité. Était-ce un prétexte pour qu'il la laisse entrer et qu'elle puisse opérer en toute quiétude ? À la fois, son histoire était crédible. Un peu cliché, mais crédible tout de même. Mignard répondit d'un ton un peu dur qu'il n'avait vu aucun chat, veillant à ce que son grand corps obstrue bien tout accès, une main contre le mur, l'autre maintenant la porte avec fermeté. Ce fut au tour de la demoiselle de le regarder avec suspicion. Elle aimerait quand même qu'il ait la gentillesse de lui permettre de faire le tour de son appartement et de jeter un œil au balcon : son chat était si jeune et si espiègle, elle ne savait pas comment il pouvait réagir en domaine inconnu, il pouvait très bien s'être caché sous un meuble. Les deux individus se défièrent du regard pendant quelques secondes. Si elle disait vrai, elle commençait assurément à croire qu'il séquestrait son chat. Soucieux de son image comme de sa survie, Mignard se décida à la laisser entrer : au moins, il serait fixé sur ses intentions. Il recula brusquement pour se coller au mur, en un ensemble de mouvements à l'harmonie discutable dont l'objectif était de lui permettre de passer sans pour autant lui tourner le dos. L'entrée était étroite : la jeune voisine fut contrainte de frôler l'imposant corps du Conseiller, prouvant par là même la profondeur de ses sentiments à l'égard de l'animal. Elle se précipita dans l'appartement et se mit à fureter dans chaque coin, poussant incessamment de petits cris supposés félinement attractifs. Pascal suivait la scène à distance, s'assurant surtout qu'elle ne puisse ni emporter ni déposer le moindre objet chez lui. Ce petit remue-ménage dura une bonne dizaine de minutes, à l'issue de laquelle la jeune femme regagna l'entrée les larmes aux yeux. Le corps du Conseiller lui bloquait cette fois l'accès vers l'extérieur. Comment pouvait-il être sûr que ce n'était pas elle ? La voisine le regarda d'un air inquiet. Elle le remercia. Il ne broncha pas. Seuls ses yeux inquisiteurs opéraient des va-et-vient entre la jeune femme et la sacoche posée à terre. Elle réitéra ses remerciements avec moins de conviction, jouant nerveusement avec son trousseau de clefs et regardant à son tour la sacoche par mimétisme. Mignard laissa s'écouler quelques secondes, figé par le doute. Cette femme avait vraiment une attitude étrange. Cependant, la pensée croissante qu'elle puisse le prendre pour un pervers sexuel le força à se déplacer. Elle le remercia pour la troisième fois, par précaution, avant de rallier son étage, enjambant les marches deux par deux.

À sept heures tapantes, Pascal Mignard s'éveilla dans son canapé, frais et dispos, exception faite de ses lombaires dont il sentait plus douloureusement que jamais l'existence. Le matelas était indiscutablement de piètre qualité. Des vacances lui feraient le plus grand bien. Cela faisait près d'une décennie qu'il ne s'était pas rendu à l'étranger, hormis pour des raisons professionnelles. Il alluma son Mac Book Pro 13 pouces et se promena parmi les offres touristiques. De quoi avait-il envie ? L'idéal serait de partir deux semaines, le temps de se ressourcer sans s'absenter trop longtemps au Ministère. Il lui fallait du soleil, des activités ludiques, en bord de mer de préférence. Un club de vacances était l'option la plus adaptée à son état civil : il pourrait ainsi faire des rencontres plus facilement. Ce serait l'occasion de réapprendre à séduire dans un cadre éloigné de la vie quotidienne, de remettre le pied à l'étrier tout en douceur, avec des personnes venues dans un cadre exotique pour se divertir. Pascal découvrit avec excitation que les agences de voyages proposaient même des séjours exclusivement dévolus aux célibataires. Il présélectionna un séjour à Punta Cana. Il pourrait partir en décembre ou en janvier, selon les contraintes de son agenda. Il devait surtout attendre que son enquête soit résolue.

Mignard se rendit dans la salle de bains et y resta quarante minutes, au lieu des douze minutes habituellement imparties au soin de sa personne physique. Alors qu'il se rasait, son cerveau se mit à échafauder un délicieux scénario dans lequel il entrait glorieusement dans la boulangerie, une enveloppe à la main, et annonçait à Marlène qu'il l'emmenait en voyage à Punta Cana. Ses pâtisseries lui tombaient des mains, des larmes d'émotion glissaient délicatement sur ses joues, elle sautait gracieusement par-dessus le comptoir pour se jeter, éperdue, dans ses bras ; les clients présents applaudissaient. Pascal grimaça en se coupant. Peut-être était-elle en couple. Il la connaissait à peine. Il devait procéder méthodiquement : d'abord se repositionner en habitué de la boulangerie, puis peut-être l'inviter à boire un verre. Ne le lui avait-elle pas d'ailleurs elle-même suggéré la veille ? Mignard donna un dernier coup de peigne dans ses cheveux tout en recouvrant espoir : il y avait des chances qu'il lui plaise, et il saurait bien les saisir. Elle lui procurait une impression tellement différente des femmes qu'il avait connues : Marlène lui semblait au-delà de toute imperfection.

Le Conseiller emprunta son Vélib' à la station numéro 14035. Il pleuvait dru mais il s'en moquait. Il se sentait disponible et ouvert à un éventuel point d'attache. Au lieu de se diriger en direction du boulevard du Montparnasse, il décida de s'autoriser un petit détour : il descendit l'avenue du Maine et tourna à gauche sur la rue Daguerre. Il passa devant la vitrine de la boulangerie, pied gauche à terre, pied droit sur la pédale, évoluant par lentes saccades, cou tendu. Il ressemblait à un suricate unijambiste. Elle était là, dos tourné, radieuse derrière son comptoir, à ranger les baguettes tout juste sorties des fourneaux. Satisfait, Mignard poursuivit son chemin. Il passerait lui rendre visite le soir. Il reprit à gauche sur la rue Boulard et rejoignit le boulevard Raspail. Ce trajet avait la fraîcheur de la nouveauté : il décida qu'il emprunterait désormais chaque jour cette route. Grisé par tant de projets, le Conseiller profita de la ligne droite qui s'offrait à lui jusqu'au prochain croisement pour mettre de nouveau à l'épreuve ses jambes et ses poumons. Il n'avait que 600 mètres pour tout donner avant l'intersection, aussi atteignit-il sa cadence de pédalage maximale dans un délai très bref. Sa tête était épurée de toute pensée mortifère, il ne faisait plus qu'un avec ce corps qu'il avait jugé obsolète depuis des années, il se sentait vivant et n'avait plus l'intention que les choses changent.

Pascal Mignard fut projeté violemment sur le bitume. Le Vélib' replié vint s'encastrer sur la calandre d'une Clio blanche. Les passants s'amassèrent sur les trottoirs, bien décidés à attendre l'arrivée des secours et de la police afin de connaître l'issue du drame. Mignard ne sentait plus rien qu'une douleur diffuse dont il ne pouvait localiser les sources. Le ciel était d'un gris marbré, les sons étaient ronds et sourds, le cerveau ne se connectait plus que par intermittence au corps impuissant. Les moments de liaison s'espacèrent de plus en plus. Dans sa tête défilaient Madame Kerrien, Marlène, sa voisine, et toutes ces femmes imaginaires ou effectives qui pouvaient en vouloir à sa vie. Ces femmes susceptibles de trouver sa vie précieuse. Ces femmes qui pourraient avoir envie de la lui arracher, à tout prix. Il voulait vivre. Il voulait connaître la suite de l'histoire.

Il entendit l'arrivée des secours. Il pensa à la robe blanche de Marlène. Il n'entendit plus rien.

Dépôt légal : octobre 2015

6706844R00047

Printed in Germany
by Amazon Distribution
GmbH, Leipzig